ARTHUR NAVELLOU

l'impossible

L'ICONOPOP

À ce qui demeure

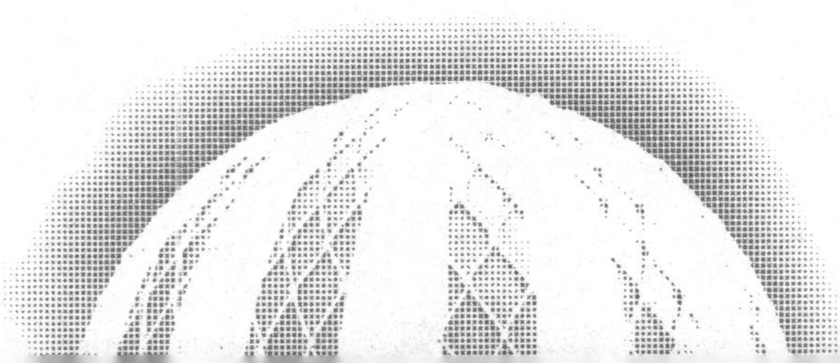

CHRISTIAN N.

Avant la guerre ou un peu après
Mon grand-père **Christian**
Alors qu'il n'était que le fils de son père
A pénétré à l'aide d'une longue échelle
Dans les sous-sols de ma future ville natale de Chartres
Lorsqu'il est arrivé au plus profond
Il s'est retourné et s'est écrié
La voilà la vraie Cathédrale !
Il est mort maintenant
Comme ma grand-mère Madeleine

ODETTE N. NÉE C.

Ma grand-mère **Odette**
Coupait le jambon à Monoprix
Sous un ciel de néons
Pendant que moi j'étais à l'école
Elle me montrait une vieille dame
Qui venait tous les jours
Pour sa baguette et discuter
Maintenant c'est elle qui vient
Et si ce n'est pas le cas
Les coupeuses de jambon s'inquiètent
Elles ont son numéro quelque part

PIERRE M.

Mon grand-père **Pierre** a survécu
À dix-sept ans à un avion de guerre allemand
Il s'est caché dans le fossé
Puis dans une grange
Puis toute sa vie derrière sa femme
Qui a eu huit enfants
Je ne sais pas si certains sont morts
On ne parle pas de ça

MADELEINE M. NÉE G.

Ma grand-mère **Madeleine** est morte
Un mois après un accident de voiture
Au tout début du siècle
Elle rayonnait tous les dimanches
Tuait des poulets à la pelle
Coupait les frites mettait la table
Portait un tablier de vichy bleu
Riait très fort et nous offrait
Des Playmobil au Nouvel An

MONIQUE N. NÉE M.

Ma mère **Monique** est revenue hilare
Du travail à dix heures du matin
Elle leur a dit « d'aller se faire foutre »
Et elle est rentrée à la maison
Sur son vélo violet
Elle avait fait un burn-out
Elle a calculé sa retraite si elle partait maintenant
Elle a travaillé six mois encore
Pas un jour de plus

JEAN-CHRISTOPHE N.

Mon père **Jean-Christophe** pissait
Dans la ruelle de la maison
Je le copiais alors
Pas plus haut que ses pantalons
Il a arrêté de fumer un jour
Qu'il conduisait tous mes cousins
Ils toussaient et riaient très fort
Il jeta son paquet par la fenêtre
Dans un champ de tulipes hollandais
Je ne l'ai vu fumer qu'une fois après
Autre part que dans mes rêves
À l'enterrement de Madeleine

ALICE N.

Ma sœur **Alice** vit encore à Chartres
Sa maison est plus grande
Que tous les appartements parisiens où j'ai vécu
Réunis
C'est elle qui m'a donné envie de monter sur scène
Quand au spectacle du lycée elle chantait Brel
Elle a aussi sauvé mon cul au collège
Quand Areski m'a tabassé
Pour avoir en primaire baissé son pantalon
Aujourd'hui elle a deux chats et travaille à l'hôpital
Comme mes parents avant elle
Je crois qu'elle aimerait avoir un enfant
Je la connais assez peu

ÉRIC N.

JOSSELIN N.

Josselin mon frère connaît sa taille de chemise
Sait s'habiller pour sortir
Et m'appelle tous les deux jours
Il peut passer plusieurs heures
Sur un vieux jeu vidéo
Il a fait un pneumothorax
Et a marché jusqu'à l'hôpital
Nous restons parfois ensemble
À vivre côte à côte comme des dauphins

ROBIN N.

Robin est à l'opposé de son jumeau
Il lit des livres sombres
De romanciers peu glorieux
Il écrit des poèmes si beaux
Que je ne les comprends jamais
On les dirait d'un ancien pays magique
Ils me font toujours pleurer
Je pense à tort qu'il est triste
Il est simplement profond
Nous nous comprenons sans nous parler

ARTHUR N.

Je m'appelle **Arthur** et je suis né à Chartres
J'en suis parti dès que j'ai pu
Pour faire du théâtre puis de la musique
Puis je n'ai plus su pourquoi j'étais parti
La ville me donnait l'impression d'un Moyen Âge
Mes souvenirs auraient pu être sépia
Mais partout dans le monde des enfants naissent
Et grandissent puis s'évadent
Pour plus grand plus beau plus neuf
C'était vrai en 1900
Ce le sera en 2100

NAISSANCE

D'abord
Du calme
Des caresses
D'insignes maladresses
Nous sommes du cuir
De la vague
Du petit feu crépitant
Et forcément
Du vent
Nous venons et partons
Dans un sample de soupirs
Un lointain bruit d'étoiles
Minuscule et merveilleux
Alors nos petites embrouilles
Ne valent pas cher
Sur Saturne ou Jupiter

Nos rages de dents
Deviennent plus tard
De simples rages dedans
Tout commence fragile
Continue malgré tout
S’arrête souvent sans prévenir
Laisse un goût de sucre
Et de sang

RUE DE LA PLANCHE-AUX-CARPES

Nous avons vécu notre enfance à Chartres
Dans ce qu'on appelle la basse-ville
Quartier malfamé trente ans plus tôt
Mon père est né dans une maison
Devant celle où nous habitions
Maintenant c'est un jardin partagé
Des bacs à fleurs et des arbustes
Des chats viennent se battre à la nuit tombée
Menant vers un sous-sol
Une vieille porte en acier
M'a toujours terrifié

MATERNITÉ

Un jour c'est certain

Tous les bâtiments où nous sommes nés

Seront rasés ou reconstruits

D'autres enfants naîtront

Et les bâtiments où ils sont nés seront rasés ou reconstruits

Les villes évoluent et se transforment

Pour rester telles qu'elles étaient elles doivent mourir

Elles tiennent ça des forêts

CARNAVAL DU MATIN

On me disait très souvent
Calme-toi fais moins le fou
On a compris mon enfant
Et si tu allais jouer
Dans le champ l'herbe est coupée
Tous les autres y sont déjà
Ici on discute entre grands
Et moi je gonflais les joues
Et moi je roulais les yeux
J'avais au moins trois fois plus
De personnes dans ma tête
Que de copains dans le pré

Je savais que les voix
J'étais seul à les entendre
Mais je croyais que personne
Ne vivait ce carnaval étrange
Multitude de chants
Multitude d'avis
D'opinions fantaisistes

On me disait excentrique
Je me croyais fou
J'avais mille raisons
De me gratter la tête
En grimaçant sans fin
Lorsqu'une voix partait
Une autre faisait son entrée

REQUINS-CHLORE

Je ne peux pas nager à la piscine plus d'une
minute

Sans en ressortir tremblant

Même si je suis observé par une institutrice en maillot

Ou un maître-nageur
obèse

La même peur toujours me prend

Les yeux fermés j'imagine des trappes qui
s'ouvrent

Laissent entrer des monstres sous-marins

Qui se précipitent vers
moi

Si je ne sors pas immédiatement

Je commence à sentir l'eau qui m'enserre

Je me débats comme un ver de terre

Pour faire fuir mes assaillants imaginaires

Revenu sur la terre ferme

L'eau comme du sang dégouline à mes pieds

Je secoue mes cheveux et les visions s'en vont

Pendant que les nageurs bien ancrés dans leur ligne

Font comme si de rien n'était

ÇA

Tu es jeune
mais tu n'empêcheras pas le temps
de t'apprendre à mourir

J'aurais aimé qu'on me le dise quand je me posais
LA question
Au lieu de ça
Dans les jupons de ma mère
J'entendais un sommaire

Tu peux pas vivre comme ça
faut pas vivre en pensant à ça
mais enfin c'est pas possible

J'oscille désormais entre des périodes où
la mort n'existe pas
Et d'autres où la panique me pousse presque à en finir
J'oscille entre l'oubli le plaisir la vie pleine infinie
Et la certitude fondamentale qu'un jour je ne serai plus

TRIFORIUM

La Cathédrale est le cœur

Froid de ma ville

natale

L'entrée est gratuite

L'air frais parfumé

Le silence est beau

On n'y marche jamais

On y déambule

CLERGÉ

À l'orphelinat Christian et ses frères
Ont appris Dieu à coups de pied au cul
Ils mangeaient dans les poubelles
Leurs parents étaient vivants
Mais le père cet alcoolique
Les avait placés pourtant
La mère ne les a repris
Qu'après un second mariage
Avec un certain Picazo
Réfugié de la guerre d'Espagne

Je revois les bonnes sœurs marchant
Presque main dans la main
Riant naïvement d'un mot dit
Quand la langue du prêtre a fourché
On n'en fait plus des vies comme ça
Prêtes à attendre la mort
En regardant Dieu dans les yeux

Qui va à l'église
Sent la solitude
Et la fraîcheur
De tous les christs en croix

Ma mère riait en disant
Agnus Dei
Elle n'a jamais eu de mots pires
Que pour le pape

Je n'aime que la messe de minuit
À la veille de Noël car j'y bois de la vodka
Il y a mille manières de communier

PATRIMOINE

Il faut être sur le parvis ouest

Un jour où le bleu tire vers le noir

La façade au soleil de la Cathédrale

La fait sortir d'elle-même comme un effet spécial

Je la sens me tomber sur la tête

Comme dans un film de Keaton

Comme une carte maîtresse

Abattue en fin de partie

Après je marche ici assommé

Dans ce musée à ciel ouvert

Un millénaire au moins m'entoure

Des ruelles de coupe-jarret

Trois visites guidées par jour

Je ne me suis jamais perdu

Notre-Dame monte sur ses airs

Son toit recouvert de mousse

Là-haut presque rien ne bouge

Un suicide tous les dix ans

CHARTRES, FRANCE

On ne peut pas parler aux villes
Mais il y aurait tant à leur dire
Les rassurer quand c'est le feu
Les insulter pour en partir
Leur dire de se refaire une beauté
Par endroits quelques fleurs suffisent
Ou de laisser des places obscures
Où se cacher est encore possible

Pourquoi toutes ces marches
Pourquoi toutes ces avenues trop grandes
Je rêve de ruelles étroites
Et pavées de pieds d'éléphants
Des fenêtres ouvertes où la musique
Côtoie les senteurs d'un repas tardif
De vierges encloses dans les croisements
Que l'on ne découvre qu'à dix-sept ans

Je croyais te connaître mais il n'en est rien
Les villes ne nous apprennent que des culs-de-sac
Rien du centre tellurique
Du labyrinthe étonnant
Tatoué au sol de la nef comme un pied de nez païen
Rien des Vikings de passage dans le lit de ta rivière
Et des druides muets et sales cachés au fond des Carnutes
Rien du sacre d'Henri IV ni de la guerre de Cent Ans
On fait ses devoirs comme on fait ses prières
Sous le regard des rosaces de Notre-Dame de Chartres

Tu n'es qu'une poussière
Et tout ce que tu possèdes
C'est ton temps sur cette terre
Ton temps sous les étoiles

BERNADETTE P.

Ma grand-tante **Bernadette** est malade
Je ne la vois qu'à Noël et à chaque fois je me dis
Elle ne sera pas là l'année prochaine
Elle s'est fâchée avec la nouvelle femme de son fils
On m'a dit qu'elle ne se soignait pas
Pour lui faire de la peine
Je pense qu'elle croit dur comme fer
Au pouvoir de l'esprit sur le corps
Elle est en train de perdre
Je me souviendrai toujours de ses larmes
Quand elle évoquait la bibliothèque pleine
De ses amis de l'école primaire
Elle qui rêvait de s'élever de sa classe
Mais n'avait pas les armes

EMILIA P. DITE « LA MÈRE PIC »

Je pense à **Emilia** quand j'ai envie d'être triste
Sa vie a le charme tragique et mécanique
D'un drame à la Zola
Mariée à un vendeur itinérant alcoolique
Elle a divorcé et perdu la garde de ses enfants
Puisque aucun homme ne pouvait assumer le rôle de père
Ses trois garçons erraient en ville en solitaires
Les gendarmes d'avant-guerre connaissaient l'histoire
Et avaient pour mission d'interdire à la mère
De leur adresser la parole

« LA MÈRE LEBOULLEUX »

Tenancière d'un troquet dans la basse-ville de Chartres
La grand-mère de Christian ne lui faisait pas de cadeaux
Personnage peu commode elle abritait des travailleuses
Et quelques officiers allemands
Qui passaient sous l'Occupation
Les résistants connaissaient bien les usagers
Et les meilleures opérations avaient lieu les nuits
Où le troquet affichait complet
Je ne connais pas son **prénom**

LIT DE MORT

Avant de partir
Elle a donné à tous ses enfants
Des conseils bien avisés
Refais-toi faire les dents
Ne les laisse pas te marcher dessus
Quitte le père de tes enfants
Vends tes bêtes et casse-toi
Réconciliez-vous pour moi
Sois un homme d'aujourd'hui
Prends une douche tous les jours
Elle allait bientôt sortir de table sans prendre de dessert
Comment peut-on désobéir à la parole d'une morte

LIT DE VIE

Certaines nuits où ma sœur recevait

J'avais la visite impromptue

D'une de ses bonnes amies

Je jouais à Call Of Duty

Elle savait me faire changer d'avis

À cheval sur mes parties

Le lendemain éhonté

Encore sale de ma nuit

J'allais faire de la course à pied

FAIS-TOI BEAU

Marie C. m'a dit
Fais-toi beau
Demain coiffe-toi mieux
Mets des habits qui te vont bien
Apprête-toi
Elle t'aime un peu tu sais

J'avais écouté sans rien dire
Mais je n'avais rien fait de différent pour plaire
Je n'ai jamais fait cet effort
Qu'en de rares occasions
Les premiers soirs de concert

Ma vie aurait été autre
Si j'avais eu le sens du charme
Vestimentaire et capillaire
Mais c'est à peine si je regarde
Les autres dans les yeux

Marie C. m'a dit alors
Tu fous quoi c'est dingue
Voilà elle ne t'aime plus
C'était pourtant pas si dur
De mettre un pantalon propre

LAURE B.

Ton prénom sur mon cahier
Et ton visage dessiné à l'intérieur
Ça t'a fait peur

Moi je croyais qu'on était
Tous les deux des enfants amoureux
Qu'on avançait dans la vie en douceur

Mais le monde est un jouet
Qu'on rendra un jour cassé
Mais le monde est un visage
Dessiné les yeux fermés

Je ne t'ai jamais dit ce que j'avais à l'esprit
Je rêvais que ce soit écrit dans ton journal aussi
Mais le temps a passé
Et tu as deviné
Et j'ai abandonné

PETITE VENISE

C'est un creux de verdure au bord de l'Eure
Où des enfants bruyants s'amusent sous l'œil fatigué
D'un cygne blanc mâchant de la vase verdâtre

On y loue des pédalos à cinq euros le quart d'heure
Un paon déplumé répond au nom de Léon
Des chèvres jouxtent un mini-golf
Tout est fermé les jours de pluie

Passant sous le pont de la voie rapide
Des lycéens se perdent entre les buissons
De la fumée sort de leur bouche
Après un long baiser menthol

Ils se réveillent plus tard
Avec l'impression d'être centenaires
Dans cette petite carte postale
Ils sont fragiles comme un éclair

ROIS DU MONDE

Sur la place des Halles devenue place François-Mitterrand
On peut voir de très loin des amis arriver
J'y ai joué mes meilleures parties de foot
À vingt heures en été
La fontaine est devenue rouge orange et bleue
Quelqu'un même la fit mousser un matin de printemps

Sur la place des Halles devenue place François-Mitterrand
Nous avions fait tourner un vieux manège fermé
La police avait pris nos cartes d'identité
Les caméras de surveillance fleurissaient toutes les rues
Juste après la réélection du député-maire sortant

Sur la place des Halles devenue place François-Mitterrand
Les grandes dalles de marbre gris se sont toutes fendillées
J'ai parlé toute une nuit sous l'effet d'un seul joint
Thomas W. y habitait et c'était mon ami
Qui avait Internet chez lui avant tout le monde

IVRE MORTE

C’était un peu drôle sur le moment
Quand Héloïse L. avait vomi dans son sommeil
Elle recrachait son vin rouge en jets puissants
Sur le drap blanc du lit de la chambre d’amis
À deux nous avions maintenu sa tête
En riant car à cette heure nous étions si saouls
Et sa meilleure amie avait enlevé ses habits
Pour l’accompagner dans la douche
Elle continuait de vomir et sa peau blanche
Sur la faïence tachée faisait une bien étrange composition
Le lendemain elle n’était pas au lycée
Nous nous inquiétions assez peu pour elle

SÉCURITÉ

Je m'endors toujours en soirée
Ce n'est pas une façon de dire que je m'ennuie
Plutôt que j'ai confiance
Plutôt que j'aime chez qui je suis
Ils doivent ensuite faire avec mon corps
Endormi peut-être mort
Ce qu'ils veulent ou ce qu'ils peuvent
Et je me réveille quand ils vont pour sombrer à leur tour
On ne m'a jamais dessiné de sexe sur la joue

DANS DIX ANS SOUS CE MONUMENT PHALLIQUE

Pendant nos nuits d'errance
Entre deux journées de cours
Des hommes plus âgés
Nous payaient des coups
Nous étions alors en bande
Victor Emmanuel Antoine et moi
Des amis bien complémentaires
Je crois que j'étais le drôle
Il y avait le beau l'intelligent et le bien-né
Nous sortions souvent le soir et rentrions
Quand nous ne savions plus quelle heure il était

Pendant une nuit d'errance
Un homme armé d'une guitare
Et d'une sérieuse dépression
Nous a chanté des chansons
Plus tard il nous a dit
Dans dix ans sous ce monument phallique
Retrouvons-nous !
Je jure que sur le moment
J'ai bien cru qu'on se reverrait
Mais j'ai oublié

Et le monument a été déplacé
De dix mètres vers le nord
Et le bar a changé de propriétaire quatre fois
Et j'ai perdu des amis
Et le centre-ville s'est vidé
Et les nuits d'errance ont disparu

LE RUSTIC

C'est un bar de marins dans une ville de glaneurs
On y boit mieux debout car on est servis d'abord
On connaît les visages
Ils se ressemblent un peu
Nos parents ont enfanté tous les trois ans environ
Et donc toutes les fratries font des meutes jumelles
Certains soirs la cohue nous fait tant regretter
La petite sœur d'untel bien à tort embrassée
Je la trouvais jolie elle me trouvait présent
On buvait tout en double c'était vraiment commode
À la fin on tombait sur des canapés mous
Que l'on dégueulassait à grands coups de bière chaude
À pied et s'embrassant dans toutes les ruelles
On rentrait se coucher
Ensemble et déchirés
Et le lendemain matin mon petit frère son grand ami
Nous regardait ramper pour nous escamoter
Il était si déçu et il ne disait rien

TERMINALE L

Au moment opportun j'ai passé mon baccalauréat
On m'a donné des conseils en forme de menaces
Un passage obligé presque un rituel vaudou
Faire l'impasse sur l'anglais était admis
Peu de gens comprenaient comment noter la philo
Nous nous arrachions sur les spécialités
Certains jouaient leur futur sur quelques heures solitaires
J'ai travaillé mais j'ai eu de la chance surtout
Une connaissance n'en a pas eu et s'est tuée
Deux ans plus tard
Aucun lien entre les deux mais c'est presque tout
Ce que je sais de lui

On nous disait c'est nécessaire
Comme un passeport
Tu en as besoin pour partir

Sans mention c'est mieux
N'attire pas l'attention
Si tu veux disparaître

OÙ EST-CE L'AUSTRALIE ?

Nous disions au revoir à Victor
Pour six mois mais c'était comme
S'il n'allait jamais revenir
J'aurais été heureux pour lui
S'il en profitait pour fuir
Il partait cueillir des mangues
Construire des clôtures infinies
Tirer sur des coyotes gris
Acheter un vieux camion
Pour traverser l'Australie

Rien n'est absurde comme la jeunesse
On consacre tout son temps
À la rendre vive et brutale
Hâtant le début pressé d'en sortir

Si je pouvais retourner sur MSN Messenger
J'y verrais des discussions plates
Que je remplissais de sens caché
J'écouterais Again d'Archive
En envoyant des poèmes étranges
À des filles que je voulais séduire
Sans faire aucun effort
Je verrais couler un jus d'incertitude
Le long de mes doigts frêles

Aujourd'hui j'écris sans regarder
Ni l'écran ni mes doigts
En écoutant le flash info
Les yeux par-dessus les toits

La jeunesse
C'est quand la vie est telle qu'on se la raconte

Et on se la raconte

CARTE POSTALE

J'ai dans mon bureau de nombreuses cartes postales

Sans timbre sans adresse et sans but encore trouvé

Elles attendent une amitié et l'inverse est vrai aussi

Je les garde pour les jours et les mots trop délicats

Tout ce qui a besoin de temps de voyages et d'inconnu

Qui passe de main en main d'une ville à l'autre

Pour se poser un matin sur le pas de la porte

BLEU DE CHARTRES

La couleur qu'on dit parfois d'ici
Seulement car elle n'est plus ailleurs
C'est un bleu qu'on aurait oublié
Dans un vieux fond de javel
Sur un vitrail si haut
Qu'on le rate une fois sur deux

Il faut suivre les touristes
Attirés comme des mouches
Sous la fenêtre à panneaux de verre
Que le ciel a voulu bleu
Il n'y a que les Japonais
Pour nous envier d'être ici

Je me souviens avoir traîné
Jusque sous ces panneaux de verre
Toutes les filles que je voulais
Impressionner sans me blesser

D'où je viens vient la couleur
Le plus beau des plus beaux bleus

CHRISTOPHE N. PÈRE

Mon père n'a vu son grand-père qu'une fois
Il avait six ans
Et l'aïeul un simple gisant

Lorsqu'on parle de cet homme
C'est toujours en forme d'ombre
Femme et enfants se méfiaient
Du bruit de sa moto
Lointaine et annonciatrice
D'une infâme correction

CHRISTOPHE N. FILS

Christophe, le frère de mon grand-père paternel,
A fait un mois de prison à la Libération
Les Allemands avaient fait sauter un pont à Chartres
Dans leur fuite
Premier arrivé sur les lieux il était allé alerter les pompiers
À son retour les résistants tout frais sortis des sous-sols
L'avaient accusé d'avoir lui-même fait sauter le pont
Le procès n'a pas duré il ne s'est défendu de rien
Et il fut emporté avec les tondues d'alors hébété
Sur la photographie
Il est assis par terre entre deux hommes debout
Il a dix-neuf ans

GUY N.

Jeune diabétique **Guy** était le petit frère
De mon grand-père Christian
Habitué de l'orphelinat pendant la guerre
On l'a un jour soigné sans savoir sa condition
Le médicament était un poison
Il est mort à douze ans
Bernadette m'a dit que c'est pour ça que
Le troisième prénom de mon père est René
C'est le nom que l'on donne à l'enfant qui renaît
Un hommage et un souvenir caché par un frère
Pour un frère

ADZER C.

Son nom de baptême est Joseph car **Adzer**
Ça n'est pas un nom français
Un soldat hollandais prénommé ainsi aurait
Sauvé la vie de son père
Il avait dix frères et sœurs
Il fallait des bras pour la ferme
J'imagine souvent mes aïeux comme des géants
Fins et maladroits
C'est le père d'Odette et à croire ce qui se lit sur Internet
Il a vécu 31 630 jours et il y a 3,3 kilomètres
Entre l'endroit où il est né et l'endroit où il est mort

SCAËR, FRANCE

C'est au nombre de personnes
Ayant le même nom de famille dans un cimetière
Que l'on reconnaît la ville d'où l'on est parti
Le nom que l'on porte est un mot de passe
Le mien ouvre une petite ville bretonne
Où nous étions tous cousins
Où nous étions tous frères
Quand l'histoire de nos origines nous offre
Une ville sur un plateau
Comment ne pas la saisir
Comment ne pas penser
Ceci est mon royaume
Car mon nom est sur le fronton du coiffeur
Et celui du boucher
Et celui du vendeur de navets

C'est donc là d'où tout partirait

1986

Il y a un secret de famille qui n'en est pas vraiment un
Une chose que je suis le seul censé ignorer
Une tante m'a dit n'en parle surtout pas à ta mère
Une autre a avoué pour ensuite se rétracter
Je ne connais pas les détails j'ai l'intuition d'une absence
Un **prénom** juste avant moi et un soupir infime

MAL QUELQUE PART

J'ai toujours mal quelque part
Quand ce n'est pas aux dents
C'est au genou aux yeux
J'ai compris que mon corps avait comme tout le monde
Besoin de remplir un vide
D'avoir une occupation
Par la douleur
Il me rend plus conscient
Plus concerné sans doute
Par lui et donc par moi
Il m'a récemment gratifié d'une maladie assez rare
Le nom latin m'échappe
Mais jamais le symptôme
Une brûlure constante à la langue
Elle s'arrête quand je dors

2012

Je regarde des films catastrophe
Où les humains sont écrasés comme des fourmis
J'ai vu des centaines de fois
L'équivalent de la population de ma ville natale
Se faire tuer par une bombe
Une vague un animal génétiquement modifié
Je ne sais pas si tous ces films me mettent en garde
Ou me préparent psychologiquement
Je fais encore la différence entre le vrai et le faux
Ça ne tient parfois qu'à une musique symphonique
Posée sur la chute d'un gratte-ciel

Je le contemple s'effondrer
Certain que je ne regarde personne vraiment mourir
Alors le générique défile
Avec tous les vivants qui ont participé à son élaboration

Écho troublant
Aux listes froides des victimes
Sur les stèles mémorielles
Qui se multiplient dans nos villes

JE NE VOYAIS QUE DES PLANÈTES

Le jour où j'ai compris que je faisais une dépression
J'étais dans le jardin du Luxembourg à 15 h 30
Je ne croisais que des retraités quasi muets
Et des enfants tentant d'échapper à leur nanny
Un temps j'ai regardé une statue en me demandant
Si elle bougeait la nuit
Elle lançait un disque qui n'arriverait jamais sur le sol
J'ai été saisi un peu plus tard par le spectacle des boulistes
Ils étaient presque sept et ne jouaient pas tous
Certains avaient des fils aimantés
Un autre tenait le cerceau
J'ai compris que je faisais une dépression quand
Je n'ai plus vu les boules
Je n'ai plus vu les vieux
Je n'ai plus tenté de déchiffrer leur jargon

Je ne voyais que des planètes
S'entrechoquant dans un univers de sable
Des terres habitées où nous sommes aspirés
Par une force étrange
Vers un soleil qui les détruit
Ou qui sont emportées trop loin des chaleurs

Je ne voyais plus que le rocher sur lequel nous dérivons
Sur lequel nous allons mourir
Et qui finira sa course dans un soleil hurlant à l'agonie

VIE ET MORT DES ANIMAUX DE COMPAGNIE

Je trouve chez un chien tant de points communs avec moi

Lui qui suit
Lui qui sourit
Lui qui périt sans comprendre
Qu'il fut le chien de quelqu'un
Peut-être une forme de savoir
Qui n'a jamais dépassé l'intuition

J'ai véritablement vu ma propre mort
À la mort de mon chien

Il a commencé par tousser
Malade depuis des semaines
Je ne me souviens plus
Je m'étais habitué à le voir tituber
Ou à l'entendre vomir dans le salon
Il ne mangeait plus
Nous attendions sans savoir comment cela se passerait
Et un jour il est tombé raide

Sa vie à quatre pattes prenait fin au pied de sa gamelle
C'était le spectateur de nos jeux d'enfants
Le petit témoin poilu qu'on avait toujours connu vieux
Quand nous ne bougions presque pas il se choisissait un spot
Pour pouvoir tous nous scruter
Et quand la maison s'agitait il avait l'air de perdre pied
La fatigue d'Odette à se sentir suivie nous amusait
On se demandait si le martinet avait déjà servi sur lui

Et un jour il est tombé raide
Nous avons pleuré
Il s'est relevé
A mangé quelques bouchées
Avant de finalement tomber
Sur le carrelage blanc
La bouche pleine de nourriture
Qui ne serait jamais digérée

Je sentais pour la première fois qu'on m'enlevait
Quelque chose
Ma bouche était pleine de vide

LA CLOCHE

J'ai croisé le vieil aveugle
Aux lunettes et aux idées
noires
Peu de gens peuvent me dégoûter
Il en a l'indigne honneur
Je me suis assis
Suffisamment près de lui
Pour qu'il sente mon soutien
Et suffisamment loin
Pour que je ne le sente pas lui
Il me dit avec ses yeux crevés
Ce qu'on va faire c'est
Que tu tiendras l'échelle
Pendant que je regarderai
Tomber les derniers oiseaux

AVEUX

Je crève tout le temps
Dans mes rêves
J'ose pas dire comment
J'ose pas chercher
À savoir pourquoi

Jusqu'à mes trente ans
J'ai toujours eu sous mon lit
Une valise pleine
Au cas où je voudrais m'enfuir
Changer de pays
Comme cet illustre ancêtre
Qui a quitté femme et enfants
Pour ne pas avoir à combattre les Prussiens
C'était un jockey et il a fait soixante kilomètres à cheval
A refondé près d'Alençon toute une famille
Dont je suis le descendant

Plus jeune j'étais cleptomane
Et à chaque anniversaire
De mes amis de la classe
Je volais un petit jouet
Ça m'est passé grâce à Dieu

Mes cousins m'ont dit une fois
Que la voisine du village
Voulait sortir avec moi
J'avais treize ans et c'était faux
Elle a fait semblant sous le regard amusé
De tous les membres de ma famille dans le complot
Quand le lendemain j'ai entendu rire
J'ai d'abord compris puis me suis fait la promesse
Que je ne sauverai personne en cas d'incendie

J'évite de rappeler à ceux à qui je dois de l'argent
Que c'est le cas

CONTENTER

Il y a des mots qui changent une vie
Qui un jour s'imposent
Pour nous redéfinir

Pour moi ce fut l'indolence
Je me pense indolent comme on se dit condamné
Je me contente de situations pénibles
Je me sens protégé et hors de portée
Le danger peut grandir je n'ai rien contre lui
Je suis ému de tout mais jamais touché
À l'enterrement de ma grand-mère je n'ai pas pleuré
On me demande de lire un texte je m'exécute
Et cette tante lointaine me dit que je suis placide
Je m'arrête je suis blessé
L'indolence n'épargne pas des jets d'acide
Mais pour l'instant on se contente de laisser pisser

SI VOUS AVEZ LE TEMPS

J'ai souvent laissé couler le jour
Sans que quelqu'un m'interpelle
Je voulais écrire des chansons
Je ne faisais qu'attendre
Je les attendais ces paroles
Elles restaient dans les murs
Neuf heures devenait treize qui devenait vingt-deux
Je n'avais rien pondu
J'avais bien voyagé entre mille thèmes et figures

J'ai bien changé j'ai dompté
Cette apparence d'ennui
Mais encore aujourd'hui
Je repense à ces jours
Perdus quelque part

Je me dis pour me rassurer
    Jamais temps perdu n'est vain
    Car il donne au moins du sens
    Aux quelques petites choses
    Accomplies sur le chemin

PASSAGE PIÉTON

Et le ciel et la pluie
Et le short déchiré d'un enfant
Qui traverse la rue sans regarder
Il ne sera pas renversé devant nous
Aujourd'hui
Pourtant tous les jours il traversera sans regarder
Peut-être que toute sa vie d'enfant
Sera entourée de la parenthèse protectrice de
L'ignorance des dangers
Mais il suffira d'une fois
Pour que le poème s'arrête

INCHANGÉ

La même émotion à la vue d'un film comme
À l'écoute d'une musique
Le même banc depuis que je suis arrivé à Paris
La même rame de métro que je trouvais déjà décrépite
La même phrase qui nous suit
Dans tous les carnets du monde
On peut changer de métier d'amis et d'habitudes
De façon de parler de marcher de se vêtir
On peut perdre dix kilos ses cheveux et son argent
L'espoir la tristesse ou la mélancolie
Certaines parties de soi restent inchangées
Elles doivent survivre et nous accompagner
Comme le noyau d'un fruit
La planète Mars
L'eau
Le vent d'ouest
Le cycle jour nuit
Le souvenir de son rire
La vie points de suspension

DÉCLARATION

J'aime

Pouvoir me noyer dans tes yeux

Sentir chaque clignement

Le monde comme une fleur

Et la vie comme un jeu

J'y jette quelques pièces d'une monnaie qui n'a plus cours

En faisant un vœu pieux

CHRISTINE A.

La foule enfume un appartement parisien
Christine est là s'ennuie un verre dans les mains
Au petit matin froid elle me tend sa carte
Un flamant rose un nom un mail un numéro
Un peu plus d'un an plus tard nous dansons sur scène
Son ventre abrite un fils depuis déjà neuf mois
Le public apeuré la regarde courir
Je vois nos vies s'écrire aussi fébrilement
Que son rire de défi quand je ne suis pas d'accord
Obsessionnelle elle passe des heures
Sur une idée un seul mot la couleur d'un rideau
Elle a ce génie qui me manque d'ordonner un intérieur
Elle a mille passions
Mais c'est une impatiente
Ses yeux sont des puits clairs
Où la vie dure mille ans

TOUSSAINT A. N.

Mon fils **Toussaint** est né à 22 h 07
Dans un hôpital parisien
La première chose que j'ai faite
Fut d'appeler un livreur de sushis
Et dans la salle de travail
Avec sa mère et lui
Exsangue et heureuse je crois
Nous avons mangé du poisson
C'est son signe astrologique
Il était encore tout gris
Et du sang badigeonnait les murs

FINALEMENT

Pierre a cent ans et vit dans un hospice
Mais a toute sa tête donc ça va
Je lui ai présenté mon fils avec qui il a presque
un siècle d'écart
J'avais peur au départ car c'est le genre de personne
qui pique
À chaque détour de phrase il peut vous lâcher
une insulte en creux
Et il ne faut jamais répondre
Se pincer les lèvres et attendre
Attendre quelques années
Mais rien de méchant n'est arrivé
entre lui et mon bonhomme
C'est le dernier arrivé de la grande famille
dont il est le patriarche
Il nous a même parlé d'un de ses premiers souvenirs

J'avais quatre ans devant mon arrière-grand-mère
Elle portait des sabots nous étions tous crotteux
Elle ne s'est jamais éloignée du champ où elle est née
Moi j'ai pris l'avion six fois, l'hélicoptère aussi
Et j'ai vu le monde entier

Qui sait où tu iras
Qui sait ce que tu feras de ta vie

Il n'a pas dit ces derniers mots
mais ils étaient autour de nous
Et nous les écoutions
On ne parlait pas on regardait
On regardait l'enfant saisir le doigt du vieil homme

Qui sait ce que tu verras

COMPASSION

Une grande amie possède un chien
Il est jeune mais pisse de moins en moins partout
Dans huit ans dit sa maîtresse il sera mort mon chien
Il a quelques mois mais plusieurs fois elle me l'a dit
On dirait que ça la soulage
D'imaginer la relation de courte durée

J'ai vu un léger sourire sur son visage
Quand je lui ai parlé de la terreur
Dans laquelle me plongeait
L'idée de la mort de mon fils

AFFRANCHIR

Je m'endors et me réveille dans les trains
Je ne sais pas si cette odeur de sueur est la mienne
La batterie de mon téléphone ne tiendra pas
Je l'éteins et le rallume par réflexe
Un livre un carnet un stylo sur la tablette
Attendent en vain que je m'intéresse à eux
Le soleil m'accompagne
Et fait brumer le fond d'écran Windows XP
Un contrôleur passe en écoutant de la musique
J'entends une voix dans un rêve parler de moi au passé
J'imagine un massage cardiaque
Pratiqué trois voitures plus loin
Le train s'arrête
J'en descends
Pas certain de savoir pourquoi j'ai changé de ville
Je prends un café entouré d'inconnus
Un ami vient me chercher en voiture
Le train fera ce trajet quatre fois aujourd'hui

DES USAGERS

Quand nous buvons notre café
Quand nous marchons dans les rues
Quand nous parlons à nos amis
Quand nous achetons à manger
Quand nous arrêtons la machine
Quand nous descendons dans les tunnels
Quand nous sommes seuls
Assis les mains l'une contre l'autre
Quand nous pensons à notre plus ancien souvenir
Quand nous creusons pour nous rappeler
D'entre les vivants
Nous sommes des usagers

Des êtres assoiffés qui tentent de se parler
Des figures froides à distance acceptable
Des sujets d'enquêtes menées subrepticement
Et l'on se cache sous l'apparence
Que l'on rêve plus trompeuse encore

Nos lamentations confortables
Nos interdictions à venir
Nos nostalgies des récréations silencieuses
Nos printemps sans graines
Nos pépites abandonnées
Nos mains courantes et galopantes
Contre nous-mêmes

Un jour nous trouverons ce qui fonde nos vies
Ce qui les fait aussi brûlantes
Un jour l'indifférence publique
Nous semblera inutile
Comme ces vieux cendriers noirs
Dans les zones non-fumeurs

Un jour nous reconnaîtrons
Dans les yeux de nos semblables
Un semblable justement
Usager du domaine vivant

SAUVEGARDE

Que partagent ces images qui ont l'audace
De ne jamais s'effacer
Quelle famille détonante forment-elles dans ma mémoire
Je peux dire la couleur du jouet que j'ai perdu
À l'école primaire
Je peux dire la colère dans ma chambre
Juste avant de dormir
Le hall de la piscine municipale
Froid comme un abattoir russe
Le goudron comme éclaté par les racines
Du saule pleureur
Et l'odeur de la rivière sur nos vêtements qui sèchent
Je peux dire les cours de théâtre du lundi soir
À quinze minutes à pied
Ma première petite amie et son haleine étrange
La bière renversée dans le salon
La première fois que j'ai fait l'amour
Les longues marches après minuit
Pour aller chez tel ou telle
La tête chauve d'un ami dont j'ignorais le cancer

Ma mère qui me répète t'es à jour dans tes vaccins
Le car de nuit vers la neige et les camarades qui hurlent
La rougeole au bas des pistes
Après le tout premier chasse-neige
L'infirmière qui me parle comme si je ruinais ses vacances
L'ambulance pour rentrer
Le sandwich sur l'autoroute
Je m'entends encore leur dire que je m'en foutais du ski
Mon père qui m'amène à Carrefour avec 39,8 de fièvre
Pour les courses du mardi et me choisir des Lego

ENFANCE NUE

Je grandis et j'oublie

Ce que c'est d'être trop faible

Certains regards me le rappellent

Leur mouvement de recul

Leur mise au point insensible

Et d'un coup

J'ai quatre ans

Je ne vais pas au pot seul

J'ai peur qu'on m'abandonne

Dans le rayon frais du supermarché

UN SOUVENIR

J'ai l'âge de mon fils sur la photographie
La bouche pleine de terre
Seulement habillé d'un slip
Une poupée tenue par les cheveux
Au milieu d'un jardin boueux
Je me sentais surveillé
Par des adultes absorbés par leur verre de rosé
On me laissait faire ce que je voulais
Si je caressais la limite j'étais vite rappelé
Mais l'étendue était pour moi
J'aimerais que tu grandisses aussi mon fils
Dans cette invraisemblable liberté
Découvre le monde comme s'il n'était qu'à toi
Fais de belles erreurs
Montre-toi insolent
Personne ne peut surveiller
Comme toi ton feu intérieur

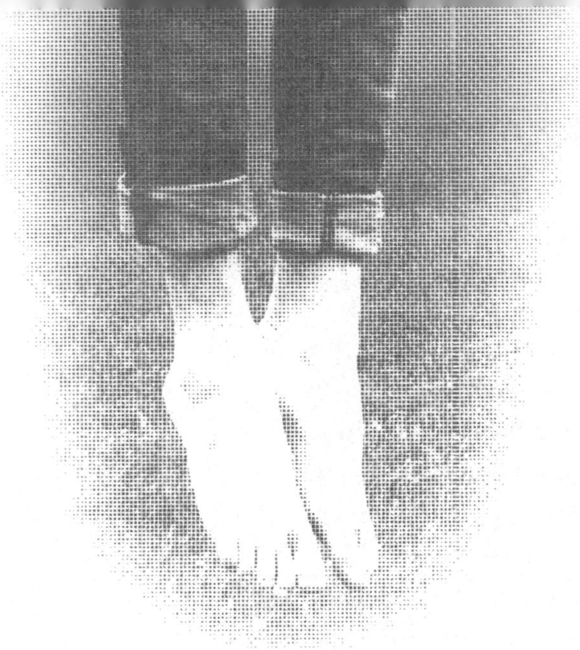

UN AUTRE SOUVENIR

Mon père a mon âge sur la photographie
Entouré des siens on ne voit que lui
Sur son pull la célèbre Vague d'Hokusai
Et ses cheveux si roux alors
Ses parents regardent l'appareil
Ma tante et son mari sourient
Ils pourraient être dans une grande caravane
Ou une toute petite chambre d'hôtel
Sans doute est-ce ma mère qui a pris la photo
Ces deux-là s'aiment tant et depuis si longtemps
Ils font penser à des oiseaux
De petits inséparables
Je ne saurai jamais aimer comme mes parents s'aiment

À L'ÉGARD DES ÉTOILES

Il arrive que je voie
Le ciel comme les marins
Il faut être loin des villes
Et loin des luminaires
Pour voir des petits trous jaunes
Sur un drap noir épais
Il faut ensuite un verre de vin
Un manteau qu'on croit chaud
Et être seul encore
Et s'ennuyer enfin
Se faire aussi petit
Que ces marques perdues
Parler de soi à soi
Guetter la révélation
Ne plus y croire
Y revenir
Appeler sa mère

Penser à sa place dans l’univers
Et c’est au moment d’uriner
Dans le calme nouveau
Que l’on entend le ciel
Ébrouer ses anneaux
Pivoter ses zodiaques
Marchander l’éternel
Verser son encre folle
Fermer un peu ses portes
Compter ses grains de poussière
Nous dire comme au marin
Quel vent
Quelle direction
Sommes-nous où nous pensions être
Sommes-nous perdus
Vivons-nous pour une étoile

2100

En 2100
Mon fils aura quatre-vingts ans
Si Dieu le veut
Et je ne serai plus là

Mon père me disait
Que je ne verrais jamais de cités sur Saturne
Lui en vouloir était simple
Il m'avoua qu'il se donnait cinq ans à vivre
Que sa maison à la campagne
Était surtout pour nous
Ses quatre enfants
Qui avaient grandi dans une seule chambre
Dans un appartement que nous ne savions pas minuscule

J'ai passé le reste de mon enfance
Dans un présent suspendu
À ne voir le changement qu'à l'intérieur de moi
Le décor de ces villes de province change peu
Lorsqu'on y pousse
C'est le temps de nos parents
Un temps glacé
Comme sur des photos où les ventres des grands sont plats
La ride à côté de l'œil de sa mère est toujours invisible
On ne voit rien du monde qui va
Notre croissance est trop vive
La rue ne bouge pas
Le cerisier fleurit puis se déshabille et un jour
Il est de nouveau rose
Le trottoir fendillé et la menthe sauvage
Qui s'y est installée
Et pendant dix-sept ans le monde reste le monde
La ville reste la ville
Nos parents sont immortels

Jusqu'au jour où nous partons
De la ville où nous sommes nés
De la famille qui nous a vus grandir
Du groupe d'amis inventifs et cruels
Nous imprimons au fond de nos yeux
Une image un souvenir un lieu
Et ils s'évaporent de la réalité
Et ne vivront plus que pour nous

Nous partons faire nos vies
Nous apprenons à vivre seuls
Dans notre dos la ville commence sa lente métamorphose
C'est comme si elle se faisait arracher les dents de sagesse
Les bâtiments de notre enfance laissent place
À de longs cratères
Des chantiers sans fin que l'on voit à Noël à la Chandeleur
À Pâques et à l'Ascension
Et le décor change à nouveau
Le cerisier est coupé le trottoir égalisé la maison
Devient un jardin
Nos parents vivent et disparaissent
Nous nous accrochons à ce qui reste

Remerciements

Merci à Toussaint, à Christine et à tous les membres de ma famille

Merci à celles et ceux qui apparaissent plus ou moins

Merci Blandine et Jean-Poire et tous mes camarades

Merci à Alexandre pour sa confiance et son rire

Merci à toutes les villes qui gardent au chaud toute la jeunesse du monde

Couverture et conception graphique : Quintin Leeds
Révision : Emmanuel Dazin et Fabrice Emont
Photogravure : Point 11
Recherche iconographique : Pascale Dubreuil-Ferrieux

L'Iconoclaste
26, rue Jacob, 75006 Paris
Tél. : 01 42 17 47 80
iconoclaste@editions-iconoclaste.fr
www.editions-iconoclaste.fr

Achevé d'imprimer sur les presses de l'imprimerie Corlet
à Condé-en-Normandie en août 2021.

ISSN : 2779-9050
ISBN : 978-2-37880-253-0
N° d'impression : 21070651
Dépôt légal : Octobre 2021

DANS LA MÊME COLLECTION

LA FAIM DE LEUR MONDE
Akhenaton

LA JOIE ET LE RESTE
Baptiste Beaulieu

DÉCOMPOSÉE
Clémentine Beauvais

MAISON TANIÈRE
Pauline Delabroy-Allard

NUITS SILENCIEUSES
Till Lindemann

BRÛLER, BRÛLER, BRÛLER
Lisette Lombé

LE DÉRÈGLEMENT JOYEUX DE LA MÉTRIQUE AMOUREUSE
Mathias Malzieu & Daria Nelson

DES FRELONS DANS LE CŒUR
Suzanne Rault-Balet

L'Iconopop

Des textes brefs, intimes
et percutants
Des formes libres et variées
Cris de colère, récits ou poésies

Une littérature d'aujourd'hui
Crue et sans tabous

À lire, à dire
À écouter
À vivre sur scène

Une collection dirigée par Cécile Coulon et Alexandre Bord